백암산 걷다

백암산 걷다

박인숙 시집

더인숲

"백암산을 걷다" 시인 박인숙입니다. 말과 시의 힘을 믿습니다. 그래서 시를 읽는 시간과 쓰는 시간이 행복합니다. 가장 뜻 깊은 시간은 저녁이 되면 노트북을 펼치고 시를 퇴고할 때입니다. 그동안 자연 환경해설사로 근무하면서 틈틈이 백암산 자연 이야기를 주제로 써 내려간 시를 모아 시집을 출판하기 위하여 시들을 읽어보고 고치는 시간을 가졌습니다. 매일 만나던 백암산을 퇴직하니 만나기 쉽지 않았습니다. 지나온 시간동안 쓴 시를 한편씩 소리 내어 읽으니, 그때의 시간이 얼마나 소중하고 아름다운 시간이었는지 알게 되었습니다. 되돌아보니 20년 동안 배우며 자랐고 20년 동안 가족과 함께 사랑을 배웠으며 20년 동안 국립공원 자연 속에서 배우며 성장하였습니다. 60년 동안 배우며 느낀 것은 일생동안 배우며 살아가야한다는 것입니다.

매일 맞이하는 아침 새로워지기 위하여 글을 씁니

다. 출근하지 않아도 되는데 집을 나섭니다. 아침에 집을 나서며 생동감을 느낍니다. 문인협회 모임, 공예인 모임, 대나무발전협회 모임, 무나 모임, 차인 모임, 북방경제문화원 모임, 뉴스지면 평가위원 모임 등 사람과 만나는 다양한 모임과 교육을 가지면서도 문화프로그램과 공연은 혼자서도 잘 참석하며 혼자서도 가고 싶은 곳 잘 다니며 만나고 싶은 친구 만나며 문화기획을 꿈꾸고 있습니다. 특별히 꼭 지키려고 하는 나의 좌우명은 아주 많습니다.

평생 행복해지려면 정직해야 한다. 웃는 말씨, 웃는 얼굴, 웃는 마음을 실천하기 위하여 일기에 적으며 그중에 웃는 말씨를 제일 좋아합니다. 마음먹는 대로 이루어지고 꿈꾸는 대로 이루어진다고 믿습니다. 피할 수 없으면 즐겨라! 좌충우돌, 천상천하, 유아독존, 요리조리, 우당탕, 센 척, 조마조마, 헛똑똑이, 돈키호테, 팔색조처럼 카멜레온 같은 나의 마음들과 함께 매일 뚜벅뚜벅 걷습니다. 하루 마무리도 걷는 일입니다.

　나의 특기는 걸으며 시 짓기입니다. 걸으며 보이는 꽃과 나무, 걸으며 듣는 다람쥐 울음소리와 새소리, 졸졸 흐르는 계곡 물소리, 걸으며 만나는 하늘을 수놓는 흰 구름과 바람이 들려주는 이야기들이 어느새 몸과 마음에 귀를 기울이는 나의 시가 되었습니다. "백암산을 걷다" 시집에는 어느새 뾰쪽하게 말하던 말씨가 동그랗게 예쁘게 말하는 마음이 담겨져 있습니다. 걸으며 만난 자연이 닫아있던 나의 마음을 활짝 열리게 하였고 꽃 같은 사람들을 만날 수 있게 하였습니다.

　백암산을 걷고 걸으며 만난 다람쥐와 새들과 나무와 꽃들과 바람과 대화 나누며 날카로웠던 모서리 부분이 둥글둥글해졌습니다. 국립공원 입사할 때와 퇴직할 때의 나를 바라보니 참으로 부드러워졌습니다. 부드러운 말씨 그 마음 그대로 이 시집에 담겨 있습니다. 시집을 퇴고 하면서 지나온 시간은 나에게 너무나 소중한 경험과 자부심이 되었습니다. 그리움이 담겨 있는 시를 읽어 보다 지금의 시간도 먼 훗날 다시는 만날 수 없는 그리운 시간이 되고 소중하게 남을 것입니다.

살아오며 감사한 것은 나 혼자 살아갈 수는 없다는 것을 깨달은 것입니다. 함께 걷고 있는 가족들과 친구, 내장산국립공원 백암사무소 자연환경해설사와 직원, 내장산국립공원 백양지구에 있는 백암산을 함께 걸었던 탐방객들과 자연 속에서 살아온 것입니다. 앞으로도 '걸으며 시 짓는 시인 박인숙"과 함께 해주시는 모든 분에게 감사하는 마음으로 두 손 모아 이 시집을 드립니다. 함께 해 주셔서 진심으로 감사합니다.

2023년 11월

제2부_ 관방제림 걷다

제3부_ 눈부신 손짓 하나

제4부_ 날마다 고불매

제1부

물총새의 시간

백암산 걷다

가만히 들여 마신다
일광정 걸으며

가만히 내쉬어 본다
쌍계루 바라보며

반복되는 비자나무
들숨과 날숨의 향기
잊어버리지 않으려

두 눈 감고
두 팔 벌려
백암산 걷다

등산화 이야기

다섯 켤레 등산화
내 등산화

첫 번째 등산화
지금 들어보니
너무 무거워
그때는 돌덩이도
무겁지 않은
힘찬 시절

두 번째 등산화
최고의 등산화
안되는 게 어디 있어
내가 없으면 안 되는 줄 알았던 때

세 번째 등산화
너는 누구냐
등산화는 나를 산 정상으로

안내하였지만
방황의 시간

네 번째 등산화
편안한 너
산 정상에서 느리게 내려오도록
도와준 고마운 너

다섯 번째 등산화
꿈꾸는 등산화
다시 한 번 산 정상으로 오를 수 있다고
같은 곳, 다른 시간 만날 수 있다고
나에게 속삭이는 너

다섯 켤레 내 등산화 속에
나의 인생이
오롯이 담겨있네

쌍계루 아침

어둠을 걷히는 이른 아침
한줄기 햇살
백학봉 위 하늘 비추다

산등성이로 서서히 내려앉아
환하게 밝히니
더욱 선명 하다.

백학봉과 햇빛 만나
연못 속 비치는 백학봉
고요 하다

새벽을 여는
조용한 용트림
쌍계루 아침
같은 듯 다르다

연못 속 깊은 꿈을 꾸는 모습

환하게 밝히니

너는 쌍계루이다

내 마음

자주자주 적어 놓은
내 마음
그랬구나
좋았구나
왜 그랬을까
힘들었겠다
참 잘했다
모두 모두 이해되네

별 하나

반짝반짝 빛나는
별 하나 가지고 있다

특별한 별 하나
혼자일 때 밝혀 주어
외롭지 않다

부족한 나를
따스하게 바라보며
함께 웃음 지으니
마음까지 밝아진다

까만 밤 눈부시게 비추다
어느새 아침 되어 사라져도

마음 밝혀 주는
너와 나의 별 하나
부드러운 말 한마디

향긋한 눈빛

힘이 되어주다

반짝반짝 빛나는

별 하나 가지고 있다

시 짓는 일상

나무에 피어난 버섯을
아삭아삭 꿀맛 나게 먹고 있는 민달팽이를 만나면
버섯을 아주 느리게 야금야금
배불리 먹을 때까지 기다리며
민달팽이의 행복을 써 내려가요

어느 늦은 오후 산책길에서
우연히 만난 거미줄에 걸린
나비가 파드득거리며 사투를 벌이는 현장을
날이 어둑해질 때까지 응원하며
팽팽한 생존의 시를 짓겠어요

배롱나무 꽃이 활짝 피어날 때
매미 소리가 요란하게 울어 대며
바늘잎과 넓은 잎이 함께 똑같아져
산 빛이 진녹색이 되는 날
여름 시 노래할래요

바람이 지나가며 나를 흔들어도
덩굴식물이 나의 몸을 휘감고 타고 올라와도
캄캄한 어둠이 내려와 아무것도 보이지 않는
온 세상이 까만 밤이 되어도
숲속 친구들과 이야기 나누는
시인으로 살고 있지요

물방울 나무

비 오는 날 만나는
물방울 나무

나뭇가지 끝 마디 마디
대롱대롱 매달려
걸어가는 나에게
환하게 웃어주는
물방울 나무

나뭇잎 떨어진 가지 끝
겨울날 만나는
애기 단풍나무
갈참나무
비자나무
모두 물방울 나무 되어

혼자 걸어가는
나에게 만나서 반갑다
반짝반짝 빛나는 눈빛으로
서로의 마음을 나누는
물방울 나무

시 짓는 엄마

아침밥 대신
자작시 읽어 주는 어머니

아빠는 눈뜨자마자
어젯밤에 지은 따뜻한 시
들려주는 엄마의 시 낭송
말없이 듣고 나서

이제 밥 차리소.
그러면 엄마는
기분 좋은 얼굴로
알겠어. 하고 아침밥을 차린다

시 짓는 엄마의 된장국 맛은
언제나 웃음꽃 활짝 피었습니다

고불매

오랜 세월
차가운 겨울
찾아오는 이 없어도
백양사 담벼락 서성이며
지치지 않은 마음으로
당신을 기다립니다

따스해진 햇볕 아래
환한 웃음보이며 고개 내 밀것 같아
움츠려 드는 마음 기지개 펴며
분홍빛 꽃봉오리 피어나기를
한참동안 기다립니다

겨우내 언 땅을 녹이며 환하게
애타는 마음 감싸주는 너그러움
바람 불어 꺾이지 않은 강인함 전해주기를
마음에 담아 기다립니다

물총새

물위에 나, 물속에 너
서로 바라보며
말하지 않아도 느낄 수 있고

짧은 다리, 너무 긴 부리
뭉툭한 몸매
날카로운 눈 빛나더니

순간 물속 너를 향하여
한 점 소리 없이
재빠르게 낚아 오르는
날개 짓

보았는가
무음 비행의 초능력적인
날렵한 너와 나의 모습

산 중턱

일광정 아래에서
산 중턱까지
올라왔다

숨이 차고
무릎이 삐걱거려도 힘을 내고
되돌아가고 싶은 이유 이겨 내고
여기까지 잘 왔다

조릿대가 한평생을 걸려
꽃을 피우듯
서두르지 않고 느리게 한 발짝 한 발짝
힘을 내어 올라가자

가파른 산행 길
이제부터 더욱 험난할 것이다
숨이 가빠지고
무릎이 불편하더라도

멈추지 않는 거야

잠시 멈추어 힘겨운 마음 훨훨 날려버리며
다시 힘차게 발걸음 출발이다

나무 의자

깊은 숲속 나무 의자
빠르게 산 정상을 향하여 올라가는 사람 멈추지 않고
커다란 나무 아래 나무 의자 언제나 혼자 있어요

바람 불어 추운 겨울날 찬바람 다가와
흰 눈 내릴 거라 하고

펑펑 내리는 함박눈 소복이 쌓이고
눈들이 아직 녹지 않는 추운 겨울
가지만 남겨진 커다란 나무아래 말없이 있네요

쌓인 눈 녹으면 따뜻한 봄 찾아 올 거야
꽃 피어 날거야

나무 의자 위 쌓인 눈이 녹아 땅속 깊이 씨앗을 깨우니
어느새 싹이 나고 꽃이 피네

숲속 나무 의자 아래 꽃들 봄바람에 살랑이니
앞만 보고 걸어가는 사람 발걸음 멈추고

따스한 봄 햇살 아래 다람쥐와 함께
나무 의자 앉으니 숲속 따스한 풍경 되었네

단풍놀이 가자

초록빛 나무 붉은빛으로
변신하는 깊은 가을
친구야
단풍놀이 가자

활활 타오르는 붉은 나뭇잎들 보며
우리들의 꿈 많던 열정 확인하는 거야

파란 하늘과 진한 녹색
어울리는 풍경
지나온 시간 아름다워

타오르는 노을빛에 더욱 붉게 물드는 단풍 보며
다가오는 떨어지는 갈색 낙엽
걱정 날려 보내는 거야

초록빛 세상이 붉은빛으로

붉은빛 세상이 갈색 세상으로

자연스럽게 이어지듯 그 시간에 충실하며

단풍놀이 가자

핑크 거울

핑크 거울 속 너를 바라보다
희끗희끗 흰머리
비명 소리 저절로 나오고

누가 이마에 입 꼬리에 팔자 주름
밉게 그려 놓은 거야

아무리 재물을 지키는 점이라 위로해 보아도
점점 커지는 코밑 점
여드름 자국 울퉁불퉁 이마
연극 무대 주인공 대신 주인공 엄마 역할

문득 울적해 지려 하면
핑크 거울 속 내가 제일 사랑하는 너에게
함박웃음 보내니
세상에서 가장 환한 웃음 짓는
주인공이 되었다

핑크 거울 속

환하게 웃음 짓는

반짝반짝 빛나는

너의 마음까지 보았다

또 다른 나

쌍계루 연못
바람에
잔물결 치는 모습
보고 싶어질 때

누구라도 함께 가고 싶은데
나 홀로
길을 나서다

창밖으로 펼쳐지는
진한 초록빛 산들과 구름
커다란 음악 소리
동행하며

쌍계루의 힘찬 물소리에
탄성과
가슴이 벅차오른다

쌍계루 맑은 연못 속에 비추는
또 다른 쌍계루
고요한 바람이 그리는
또 다른 고요한 바람
풍요한 이팝나무의
또 다른 이팝나무

쌍계루 징검다리 위에
연둣빛 나뭇잎이 진한 나뭇잎 되어 가듯
초록빛 산 빛 되었다

백학봉이 들려주는 이야기

천년고찰 백양사 들어서면
제일 먼저 만날 수 있는 너
시인이 맛으로 표현하였네

지금 보이는 바위 빛 그대로 흰 맛
푸르른 맑은 날에 맑은 맛
마음대로 뜻이 이루어지지 않을 때 바라보니 날카
로운 맛이
비 내린 후 안개가 걷히니 신령스러운 맛

한번 보고 두 번 보고
봄, 여름, 가을, 겨울, 올라가 보고
일 년, 이년, 삼 년이 지나 어느덧
너를 알게 되고 만나게 된 지
강산이 두 번 지나 갔네

안개에 가리어 안 보이는 때
파란 하늘 아래 티 없이 청명한날

초록빛 나뭇잎들이 온통 빨간 잎이 되어
산 빛이 붉은빛으로 변신 할때
찬바람 불어 바위산이 얼어붙고
세찬 비바람이 지나간 뒤
비로소 느낄 수 있는 맛

흰 눈이 백학 봉에 내려앉아 흰 맛
끝없이 파란 가을 하늘 아래 맑은 맛
찬바람 불어 얼음처럼 날카로운 맛
비 갠 후 만날 수 있는 신령스러운 맛

백학봉이 들려주는 수많은 이야기
마음 활짝 열고 만날 수 있네

잠자리 비행

잠자리들의 맨 처음 비행은
정지 한 듯 느리고 조심스러웠다

아직 마르지 않은 날개를 펼쳐
선녀들의 은빛 나는 가운처럼
서서히 살랑인다

혼자가 아닌 여러 무리가
군무를 펼치고 있다

청명한 푸른 하늘이 멋진 배경 되어
잠자리들의 맨 처음 비행은
우주 비행처럼 고요히
잠자리의 탄생 보여 준다

운문암 엘레지

햇빛 덕분이다
따스해지니
꽃봉오리 피었다

흐르는 물소리
맥박 소리 같다

쏙쏙 잭 책 잭 책
호혹 호혹 짹짹
들려주는 새들의 노랫소리
용기다

살랑살랑
파닥파닥
토닥이는 바람
격려이다

목마르며 추워도

때론 주저앉고 싶어도

나를 위해 주는

너 덕분이다

다시 힘차게 눈부시게 꽃 피우다

제2부

관방제림 걷다

깊은 밤 까만 하늘 보이는 별 두 개

창문 너머
보이는 대숲
까만 하늘 위로 보이는
반짝반짝 빛나는
별 두 개

아득하게 멀리 있으니
잡을 수 없을 것 같아
다가 갈수 없네

지금 어디를 바라보고 있는지
먼 과거에서 먼 미래까지
건너 갈수 있는지

궁금한 것 아직도 그렇게 많은지
무엇을 가장 하고 싶은지
사람들과 만나 이야기 나누기 좋아 하고
매일 반복되는 하루 소중하게 느끼며

항상 너의 몸과 마음이 불편하지 않고
괜찮은지

깊은 밤 까만 하늘 보이는 별 두 개
너에게 들려주는 나의 마음 이야기

아침 풍경

뻑뻑 뻑뻑
홀딱 벗고 홀딱 벗고
찌찌째 찌찌째
드르륵드르륵 드르륵
이이인 이이잉
느리게 여유 있게

벙어리 뻐꾸기
검은등뻐꾸기
매미
드라이 소리
비행기 소리
높이 위를 향하여 빠르게
울려 퍼지는

봄날 부지런한
아침 소리 귀 기울이다

새들도 곤충들도

기계들도 비행기도

사람들의 아침처럼 바쁘게 움직이는

생동감 넘치는 아침 소리풍경

여고 동창생

38년 전으로 돌아 온 듯하다
쉴 새 없이 나누는 우리들의 이야기

친구 이야기, 공부 이야기, 남자 선생님 이야기
깔깔거리며
가족 이야기, 건강 이야기, 직장 이야기
나누며
꿈꾸는 여고 시절에서
열정 많은 엄마, 사랑스러운 아내,
많이 늙으신 어머니와 딸 이야기 주고받다
어느새 코를 골며 꿀잠에서 깨어났다

정성 담긴 곤드레나물밥
고소한 된장국과 생채 무침
감동스런 아침 밥상
수다스러운 아침식사

무등산이 보이는 운치 있는

카페에서 우리들의 이야기는 이어지고
죽녹원 풍경이 있는 미술 전시회
담빛예술창고 갤러리에서
맘껏 웃고, 점핑 하며 사진 담고 다시 웃으며
여고생이 되었다

흰 눈 휘날리는 관방제림 길 걸으며
대나무 오르간에서 울려 퍼지는 몽환적인 연주 소리
우리들의 이야기 더욱 깊어지고
우리들의 삶도 깊어져 가네

멀리 가야 되는
조급한 마음 뒤로 하고
메타세콰이어 길까지 걸으며
다시 까페에서 헤어지지 못하고
내리는 함박눈만 서로 바라보고 있네

여기까지 참 잘 왔다.

앞으로도 잘 가자

서로 어루만져 주는

느리게 사랑 나누는 여고 시절

보석

반짝반짝 빛나는 보석
지니고 있네

가끔 꺼내 보는
지나간 사진 한 장
참으로 아름다웠구나 위로 받고

갑자기 차가워진 바람
몸과 마음 움츠려 드니
환하게 웃던 웃음 사라 졌네

지금 이 순간 잊지 않기 위하여
사진 찍고 글로 남기니
반짝반짝 빛나는 보석 되었네

감성 온도

3월 말 날씨
찬바람 부는 봄날

하늘은 파랗고
노란 꽃 개나리 산수유 꽃 피어나고
흰 목련 달덩어리처럼 피어나는
꼬불꼬불 한재골 넘어
백암산으로 가는 길

벚꽃도 일 년을 기다렸다.
펑펑 불꽃처럼 꽃망울 터트리는
마음조차 따스한 꽃 피어나는
내 마음 감성 온도

비자나무와 함께 걷는 길

걷고 걷는다
또박 또박 걸어가는 소리
힘찬 심장 소리

멈추지 않고 끝없이 걷는다
멈추면 죽고 걸으면 산다

걷고 걸으며
또박 또박
비자나무와 함께 걷는 길

말하지 않아도
들리지 않아도
느낄 수 있는
온몸으로 전해지는
비자나무 향기와 함께
걷고 걷는다

단풍나무 한 그루

고요한 숲속
나무 한 그루 아래
나무 벤치에 앉아

깨끗하게 흐르다
우렁차게 바위에 부딪히는
힘찬 물소리랑
두 마리 사이좋은 새가 서로
치 리릭 치 리릭 주고받는 울음소리
고요한 숲속의 모습
유일하게 방해하는 여러 마리 깔때기들
숲속의 평온한 풍경 바라보다

나무 한 그루 아래
나무 벤치에 앉아
이 순간을 꼭 안아 주었다
소리 내어
잘했어요, 다독다독

잘하고 있어요, 다독다독
앞으로도 잘할 거죠 다독다독

어느새
마음이 말하는 소리
들으며 다시 걷는다

가을이 오는 풍경

시원한 바람 불어오고
살금살금 산길을 걸어오는 고양이처럼
흰 구름 두둥실 떠있네

부지런히 책책 거리며
쉴 새 없는 다람쥐의
울음소리 느긋하다

멈추어 있는 나에게 까만 모기 달려들어 따갑고
후드득 파닥 떨어지는 도토리 소리에 놀라
주변을 돌아본다.

멧돼지 목욕하던 흔적
밤송이 껍질 남아있는 숲 가운데 앉아
가을이 오는 풍경
스케치 한다

어느새 봄과 여름이 가을이 되어
구절초 피어나고
다람쥐가 노래하는 가을 숲 한가운데 서서
온전하게 가을 풍경이 함께 되다

당신은 행복한가요

당신은 행복한가요
자주 물어 본다

아이들 성장하여 마음 여유로워져
감동스러우며 셀 레이는 느낌 가득하다

입 꼬리 귀에 닿도록 환하게 웃는다.
웃으니까 마음까지 환해지니 신기하다

친구와 만나는 시간
소중한 기억으로 남아

지금 내 곁에 있는 너에게
부드러운 말 한마디 활짝 웃는 미소
당신은 행복한가요

백양사 템플스테이

긴 대빗자루 들고
이른 아침 대웅전 앞마당 쓸기

가느다란 나뭇잎
동그란 나뭇잎들
대빗자루 따라
함께 모이고 모여

흙 위에 대빗자루
쓸고 간 자리
마음 정갈해지네!

가을 새벽
대빗자루 들고
마당에 흩어져 있는
나뭇잎 쓸다
반세기 전 시간 속으로 순간이동 되어

나 어렸을 적에는
새벽에 빗자루 들고 모여
학교 운동장 쓸고 왔었는데

대빗자루 들고 천년 고찰로 떠나는
나를 만나는 시간 여행

메밀묵

스님께서 만드신 따뜻한
메밀묵
나누어 주신다

동그란 메밀묵 중앙에
진한 분홍빛
맨드라미꽃이라 하였다

반 넘게 자른 메밀묵
꾹꾹 눌러 담아 주신다

스님이 주신 것은
메밀묵인데
진한 분홍빛 사랑 가득 담겨 있다

봄 인사

진달래꽃아 안녕
환하게 흔들흔들
반갑게
웃어주었다

산 정상에서
이렇게 많은 진달래꽃
만나다니 마음 따스해진다

가슴 설레는 분홍빛 진달래꽃
함께 입 맞추고 사진 찍고
더 진한 분홍빛 되어
꿈틀꿈틀 벅차오른다

흐르는 물소리 들으며
함께 노래하는 새소리 들으며
불어오는 바람에 흔들리며
함께 봄이 되었다

많은 진달래꽃과 얼레지 꽃
작은 제비꽃과 더 작은 별꽃
자세히 보기 위하여
깊숙이 고개 숙이니
백암산 따뜻한 봄 되었다

김홍도의 백매 앞에서

이것 봐 봐
붓질이 기가 막히잖아
이것은 가르친다고 되는 게 아니야

이것 봐 봐
깔끔하죠.
자유로운 풍류가 느껴지네

타고 난 거야
이 정도면 사실 피카소와 견주어도 낫지

달밤에

엄마 안 자네요
시험공부하고 있단다
무슨 시험
해설 시연 준비하고 있단다

엄마 어렸을 때
보따리장수 할머니가
마루에 보따리 내려놓으면서
어허, 늦공부 터지겠네 하시더니
이렇게 날마다 공부하고 있단다

그래서 엄마?
으응, 좋아
공부 하는 게 좋아
으응, 좋아
말 하는 대로 열심히 공부하게 되네요

옥잠화

긴 옥비녀 같은 흰 꽃
저절로 귀에 꽂고 마주 보며

깊은 꽃향기 기억으로 스며들도록
맡아 보네

오랫동안 그 꽃의 향기
머릿속에 지워지지 않고

흐르는 냇물처럼 시간이 지나
긴 옥비녀 같은 흰 옥잠화 꽃
다시 피어났네

잊지 못할 여름날의 꽃향기
향긋한 추억으로 남아 있네

곡두재 풍경

쇠무릎이
진득찰이
물봉선화가
산괴불주머니와
여귀들이
꽃향유가
거북꼬리, 좀깻잎나무가
씨앗들을
보내기 위하여 줄기가 구부려지려 한다

포기하지 않은 삶은
나머지 날려 보내지 못한 씨앗들이
달려있기 때문이다

여름날 그 화려하고 찬란하게 꽃피던 모습들
가을을 보내고 겨울 문턱에 서서
다시 부는 찬바람에
나뭇잎이 떨어지고

옆으로 몸을 흔든다.

모든 것 비우기 위하여
바람에 흔들린다

관방제림 걷다

오래된 팽나무들이 줄지어
초록빛 풍경으로
말을 걸어온다

까만 진주알 같은
푸조나무 열매
유혹에 흔들리고
나뭇잎 살랑거리는 바람에
한들한들 춤추며

땅 위에
쌓인 낙엽들이 사각사각
들려주는 발자국 소리

관방제림 길
철학자와 함께 걸으며
먼 옛날이야기 나누니

어느새

철학자의 길이 되었다

녹차 나무 꽃

햇살 따스하게 비추니
피어나지 않은 꽃봉오리 피어날까
간절히 기다리는 마음

펑펑 내리는 흰 눈
차가운 빗줄기 세찬 바람에
마음 조이는 겨울 지나

진한 잎에 부드러운 봄비
깊은 잠 깨우는 마법 같은 봄바람
얼었던 마음 순식간에 녹이는 따스해지니

지난겨울 이야기
광채 나도록 빛나게 피어 내어
녹차 나무 잎들 환하게 밝혀 주네

제3부

눈부신 손짓 하나

일광정과 쌍계루

백암산 아래 흐르는 계곡물 따라
만날 수 있는 일광정과 쌍계루

옛날 서민들이 밭일을 하다 잠시 땀을 식히던 일
광정
아침 떠오르는 햇빛이 비추어 주고
오래된 갈참나무에 사슴벌레와 장수풍뎅이가 먹이
를 찾고
새들의 노랫소리 들으며 쉬고 있네

일광정에 앉아 바람과 햇빛, 새소리와 함께
연못에 노닐고 있는 평화로운 원앙 바라보네

연못 속 비추는 이층으로 지어진 쌍계루
옛날 선비들이 시와 글을 읊으던 풍류 전해지고
사면에 걸려있는 현판 속 풍경처럼 변함없네

연둣빛 나뭇잎이 초록이 되고 붉은 단풍 빛으로 물들어

찬바람에 떨어져 세월이 오듯

누구라도 반갑게 맞아 주네

지금 무엇 하고 있나요

어허, 늦공부 터지겠네!
지금도 기억나는
보따리장수 할머니가
건너던 한마디
공부할 때마다 생각나네!

40세 공부할 때
늦공부라고 생각되어 떠오르더니
20년이 지나도 공부하고 있으니
어허, 늦공부 터지겠네!
반세기 전 보따리장수 할머니가
마루에 던지며 무심하게
건너던 한마디 확실히 맞네.

지금 무엇 하고 있나요
아침 식사 준비하고 있어요
지금 무엇 하고 있나요
사무실에 출근하고 있어요

지금 무엇 하고 있나요

또 다른 미래를 위하여 지금 꿈을 꾸고 있어요.

오늘도 좌충우돌 고군분투 시트콤 같은 일상 만들고 있어요

지금 무엇 하고 있나요

잘하고 있으니 걱정 하지 말라고 안아 주고 있어요

대나무 송

대나무 숲길 걸어요
새들의 지저귀는 노랫소리 들리네

대나무 숲길로 순간이동 하여 오세요
신선한 향기와 차가운 기운이
더욱 정신을 깨우네

대나무 숲길 천천히 걸어보아요
상쾌하게 흐르는 계곡의 물소리
시원하게 들려오네요

대나무 숲길 혼자 걷고 있네
온갖 꽃과 나비, 그대와 함께 걷는 것처럼
마음이 풍요해지네요

명옥헌

뜨거운 햇빛 내리는 한 여름
언제나 만나로 간다

한해보고 두 해 보고
어느덧 내 마음에 새겨진
배롱 아씨 만날 수 있는 세상

어느 화가의 붓끝으로 그려진
열 두 폭 병풍 속에서
열정 가득 붉은빛으로 춤추고 있는 발레리나
만날 수 있는 곳

너를 감싸주고 있는 파란 하늘 아래
빛나도록 환한 연지 빛 웃음 지어 주는 너
그 곁에서 노래하는 맑은 매미 소리

한 여름날의 더위에 아랑곳하지 않고
도란도란 바람 따라 들려오는

너와 나의 시간 이어주는

분홍빛 배롱나무 풍경 담다

손짓

손을 턱에 개고 환하게 웃는 너의 모습
추운 바람에 아랑곳하지 않고 피어나는 꽃잎
마치 발레 하는 무용수 같다

매화꽃을 향하는 손끝
햇살에 반짝이며 심장까지
매화 향기 강하게 전해진다

눈부신 손짓 하나만으로
빠져들 수 있다는 것 신통하다

손짓이 전해주는 언어 알아듣고 느낄 수 있어
끊임없이 말하지 않아도 이해 할 수 있다

부드러운 손짓 하나 너와 나 이어지고
맞잡은 손끝과 손끝으로 마음 느낄 수 있다

하루

세상에 없던 것
탄생하는 자연스러운 신비로움 가득한 곳
세상에 있었던 것
자연스럽게 사라지고
씨앗이 맺히고
그렇게 세상 이어지고

무엇을 위하여 기도하나요?
식사를 위한 것인가? 운동을 위한 것인가
일하기 위한 것인가? 사람들과 만나는 것인가?
배우는 기쁨을 위한 것인가?
하루하루 이어져 인생 되어 가고
어떻게 살아가고 있는지 지켜보며 천천히 걸어 가네

산 정상까지 올라가는 길 멀게 느껴져도
내려가는 길 찰나 같다. 여기까지 잘 왔다
다음까지 잘 가자

봄노래

눈부신 오월 한가운데 서서
바라보는 너의 모습 눈이 부셔 황홀해
종일 내린 비 그치고 숲속 피어나는 봄 안개에
젖어도 반짝반짝 윤기 나네

내리는 빗속을 걸었지 바지가 젖었지
한 번 두 번 세 번 왔다 갔다 눈이 부신 너의 모습
자꾸만 바라보았지
보이는 빛깔보다 들을 수 있는 소리보다
사진 속에서 더욱 선명하게 녹음 속에 청량하였지

아 아 시간은 내리는 비처럼 흘러가고
지금 어디에 꼼짝하지 않고 서 있나!
그래요. 세월은 눈 깜짝할 사이 흘러
80살이 되었다는 할머니
내가 만나던 50살 모습 그대로인데
몸과 마음은 그대로 두고 세월만 눈 깜짝 사이
지나갔어요

걷고 걸으며 달라져 가는
너와 함께 서로를 바라보네!
젊은 그대여
눈부신 시간 흘러가는 것 바라보고 있네

일광정으로

간밤에 내린 비
아침에 그치고
숲으로 들어서면
향기로운 산초나무와 노랑할미새들이
반겨주지요

부드러운 잠바 꺼내 걸치면
마음이 포근해집니다.
돌다리 건너 침목을 밟으면
어느새 피어난 애기단풍나무의
별 사탕 요정처럼 작은 흰 꽃과 인사 합니다

500년 갈참나무 구멍 속에는 사슴벌레가
여전히 자리 잡고 있고요.
머리 젖혀 하늘 쳐다보면 갈참나무 잎사귀는
어느새 쫙 핀 손바닥만큼 커져 있어요.
갈참나무 뿌리 위에 조개주름 잎이 돋아났고요

떨어진 비자나무 열매 향을 맡아보니
흐 ─흠 자연의 향기
마음을 향기롭게 만드네요

키만 쳐다보려 해도 세월이
나무 둘레만 둘러보아도 깊은 흔적이
갈참나무 할아버지 전해 주는 이야기
만날 수 있는 일광정으로 걸어요

쌍계루

더운 여름날
쌍계루
올라서니

바람에 물결치는 연못
그 위를 날아오르는
잠자리 떼들

물총새는
한순간 나타나 재빠르게
나뭇잎들 속으로 날아가고

살랑살랑 제비나비
한참 동안 머무르는 자귀나무 꽃들은
눈부신 햇빛 속 반짝거린다

옛날 옛적에도
쌍계루 연못에 비치는 모습

이토록 진한 초록 풍경이었을까
여유롭게 울어대는 매미 울음소리
쌍계루 현판에서 들리는 소리 같다

애기단풍나무 꿈

밤새 휘몰아치는 비바람이
작은 꽃잎들을 떨어뜨려도

매서운 힘을 가진 태풍이
갈색 씨앗을 훨훨 날려 보내도

흰서리 내려
붉게 물든 나뭇잎들이 추위에 사라져가도

모두 떠나고
아주 작은 겨울눈에서
또 다시 꾸는 꿈

키다리 대나무

어제가 오늘처럼
오늘이 내일처럼
맞이하는 수많은 아침
반짝반짝 빛나는 나날 나에게 왔네!
반짝반짝 눈부시네!

늦잠 자고 일어나니
온몸이 욱신거리네!
무시하면 안 되는 나이 되었네!
언제나 이팔청춘 아니라 말해주네!

어느덧 강산이 변하는 시간 동안
키다리 대나무 시간은
변하지 않은 듯 많은 것이 변하였네!

키다리 대나무 아저씨 변함없이 자연스럽게
키다리 대나무 할아버지 되어 대금 연주 들려주며
대나무 문화 이어 주네

콩레이 태풍

격하게 밀려오는 파도처럼
세찬 위력으로 불어오는 바람
마당 한가운데 서서
맨발로 만나고 있다

언제까지 세찬 바람이
불어오는지 알고 있기에
평온하게 걷다

대나무 숲을 흔들리는 바람
더욱 거칠어지니
놀란 새 한 마리, 노란 나비 한 마리
떨어지는 나뭇잎들 동화 속 이미지처럼
휘몰아치며 등장하였다가 더욱 세찬 바람에 휘청거리며
염려스러운 마음 함께 걷다

시간이 지나가자 감쪽같이
강한 바람을 몰고 오는 태풍은 떠나가고

주위는 순식간에 고요하다.

마당 조그마한 돌절구 속 개구리밥에 평화가
번식력 강한 박하 허브에 향기가
대나무밭에 우렁찬 새들의 소리들 제자리를 찾는다

맨발로 걷다

벙어리뻐꾸기
새소리 들으며

찌릿찌릿 발바닥
눌러 주는 자갈길

아삭아삭 상큼하게
간지러운 모랫길

촉촉하게 젖은 흙 위로 피어난
민들레 새순을 지나
질경이와 발 인사 나누는
사각사각 기분 좋아지는 소리

홀딱 벗고 홀딱 벗고
우스운 검은등뻐꾸기 울음소리와 함께

잔돌이 콕콕 찌르는 속삭임
들으며 맨발로 걷다

단풍나무 씨앗들아 안녕
질경이와 토끼풀과 사초와 개망초를 지나
징검다리 건너 오디나무 아래를 맨발로 걸으니

꽃과 열매들이 발바닥에
그려 놓은 그림

하심헌

나주 한옥 마을 보이차 마시는 하심헌
무거웠던 마음 내려놓고 창문 활짝 열어 놓으니
파란 하늘 흰 뭉게구름 궁금하여 고개 내밀고
시원하게 불어오는 바람 함께 하네

한 잔의 차를 마시며 오랜만이다
또 한잔의 차를 마시며 시원하다
보고 싶은 얼굴 서로 만나 웃기만 하여라
애완견 푸딩도 덩달아 팔짝거리며

따뜻한 차 한 잔에 저절로 내려놓은 마음
바람 따라 훌훌 날려 보내며
여기까지 참 잘 왔다

참새 방앗간

유치원 병아리반 기저귀 차고 숲에 들어오니
참새 방앗간에 온 것처럼 신이 났네

사슴벌레 장수풍뎅이 입 벌리고 쳐다보고
다람쥐 보고 깜짝 놀라 움직이지 않고 서있네

신나게 봄노래 부르다 여름 계곡에서 물놀이 하고
초록색 나뭇잎이 어느새 빨갛게 단풍 들었네

잣나무 열매 잣
애기단풍나무 열매 프로펠러 씨앗
비자나무 열매 비자
갈참나무 열매 도토리 익어 가듯
유치원 병아리반 어느새 쑥쑥 자라났네

힘찬 행진소리 맞추어 숲에 들어오니
풍요한 가을 열매들 나무 위에서
내려와 맞이 하네

백암산

웅장한 흰 암석 우뚝 솟아올라
내장산과 입암산 이어 주고

흰 양이 내려 와 스님 설법 듣고 깨우치는
천년고찰 백양사 만날 수 있네

천지만물 꽃피는 백암산 아래 운문암
전국의 고승들 모여 도를 닦고

햇빛, 물, 바람 만날 수 있는
쌍계루 비추는 연못 징검다리 걷고 있네

담양 도서관

마음 따스한 겨울 저녁
일과 마치고 담양 도서관

시나리오 짜고 고치고 수정 작업 반복하여
드디어 완성된 나만의 시나리오

이해하기 위하여
잊지 않고 외우기 위하여
깜지 쓰는 나만의 방법

시작하기 전 하기 싫고 하면서 힘들어도
한 땀 한 땀 이어 가는 즐거운 시간

늦은 저녁 시간 시연 해설 시나리오 써 내려 갈수록
떨리던 마음 사라지고 잘 할 수 있을 것 같은 자신감
뿌듯하게 학생 마음으로 되돌아 가는 발걸음

걷기 멍

날마다 만나다
만날 수 없네

멍하니 걷다 하늘 보고
고개 숙여 걷다 땅 보니

달빛에 불꽃같은 자귀나무 꽃이
길가에 넓은 호박잎이

걸으면 언제든지
만날 수 있다 하네

제4부

날마다 고불매

노다지

한재골 넘어 출근하는 길에서
만나는 벚꽃, 다람쥐, 약수터, 산책로

꼬불꼬불 한재골 산길 올라
담양과 장성이 만나는 산꼭대기 멈추어 서서
따스한 바람과 시원한 바람이 만나 상쾌하네!

왜 이렇게 힘들게 산 정상까지 자전거 타며
달려 왔는지 물어 보니 힘들 때는 더 힘들게 달려야!
이겨 낼 수 있다 하네

젊은 태양

까마득히 잊고 기억하지 않으려 하는데
만나는 사람마다 며칠 남았는지 물어 본다
아쉬운 마음으로 걱정스럽게 물어 본다
물어보는 사람은 한번인데 듣는 사람은 여러 번이다

매일 아침 만나고 다시 매일 아침 만나 보내는 시간
흐르고 흘러 20년 지나 순간처럼 지나 왔다
강산이 두 번 바뀐 것 보다 빠르게 더 많이 변하여
지금은 우주여행 가는 로봇 세계
청년이 중년 되어 내 앞에 있고 중년이 노인 되었다

오래된 경험은 넉넉한 지혜 되어 마음은 차분해지니
여유롭다
언제나 떠오르는 아침 태양처럼 꿈꾸는 젊음을 노래
한다

낮잠

똑딱 똑딱 들리지 않아도
가고 있다

아무것도 안하고 있는데
말없이 지나간다.

벚꽃, 개나리, 진달래, 목련꽃
지천으로 피어나는 봄날

가만히 멈추어 시간 가는 것 바라보다
시간아 안녕, 나의 빛나는 지금아 안녕
만나서 반가워

하는 일, 만나는 사람
모두 모두 다시는 만나지 못하는
시간과 바꾸는 것
지금 너와
무엇으로 바꾸어야!

잘하고 있을까?

무엇이든 잘하려고 애쓰지 않아도 괜찮아
아무것도 안하고 있어도 괜찮아
이기려고 하지 않아도 된다고 말해주며
편하게 쉬고 싶은 너에게
한숨 잘 자고 일어나자

혼자 걷다

지나간 시간 생각하니
정다운 기억 가득하다

사진 속 너의 모습 바라보니
특별한 포즈 뽐내고 있다

흐르는 시간 지나
그리운 마음 함께 걷다

아침 시

아침에 일어나면 무엇 하나요 마음을 써 보아요.
새해 첫 번째 날부터 한 달 지나고 겨울에서 봄이 지나
여름, 가을이 지나도록 마음을 써 보았네

해야 되는 일. 하고 싶은 일
가고 싶은 곳 만나고 싶은 사람 그려 보면
제일 먼저 마음이 환해지네

예쁘게 말하는 것 좋아 하는지
웃는 얼굴 얼마나 예쁜지
매일 아침 일어나 마음 적어보니
아침 시인 되었네

당신의 미래가 눈부셔

알람소리에 일어나 누르니
당신의 미래가 눈부셔
보이는 데로 될 것 같은 마음

졸졸 흐르는 계곡 물소리 평온해지고
나뭇잎 향 가득 숲속 향기 전해주니
온갖 꽃 나비 노니는 한 가운데 서니
바로 당신의 미래가 눈부셔

네가 말하는 대로 이루어지는 작은 소망
당신의 미래가 눈부셔

날마다 고불매

빛나는 봄날 백양사 안마당
오래된 매화나무 드디어 피어났네

한 잎 한 잎 피어나 서서히
오래된 고목 환하게 밝혀 주네

그 꽃들 바라보며 몇 백 년 동안
품어 내는 향기에 저절로 두 손 모아 지네

시간이 흐르니 알게 되는
보이지 않는 향기로운 마음 느껴지는 것

기다리는 마음 어느새 전해져
한 잎 한 잎 향기로 피워 나는 오래된 나의 봄

눈 내린 아침

눈을 뜨고
맨 먼저 나에게 좋은 아침이라
말해주었다
설 명절 동안 너무 여러 가지 일 한 너에게 나에게
토닥토닥 그러자 기분 좋은 아침이 되었다.
상쾌한 마음 컨디션 좋은 마음
몸이 가뿐하다

어제부터 내린 눈 풍경 궁금하여
창문 열어 보니 역시 겨울 왕국 되었네!
그 속을 뚫고 출근하네!

지난 20년 동안 눈이 오는 날 나의 스노 카풀님
어떻게 고마운 마음 전해 드릴까요?
한 번이라도 조금이라도 싫은 내색 느꼈다면
그렇게나 오랜 시간 동안 힘든 스노 카풀
부탁 할 수 없었을 거야

지금의 나는 나 혼자인 것이 아니었음을

함께 살아가며 만나고 있는 사람과

언제나 함께였네

봄, 꽃, 달

꽃이 피어나는 꿈틀이 봄, 꽃, 달
꽁꽁 싸매고 있었던 몸과 마음 활짝 열고

깊은 계곡 옆 변산바람 꽃 피어났을까?
너에게로 달려가고

병아리 색 노란 요정들 산수유 꽃 보러 가고
잊지 못할 봄 향기 피어나는 그곳으로
찾아가는 탐매 여행

이곳저곳 팔도강산 울려 퍼지는
달콤한 벚꽃 팡파르
함께 울려요

이고 지고 무거운 몸과 마음
훌훌 벗어 비우는 커다란 용기
짝짝짝 너에게 힘차게
박수 보내며

스스로 피어나는 자연과 함께하는

꿈 향기 들려주는 봄, 꽃, 달

말 한마디

활짝 웃는 얼굴 꽃처럼 아름답고
부드러운 말 한마디 마음 환해지고
활짝 웃는 마음 최고인지 알고 있으면서

마음과 다르게 퉁명스러운 말 한마디
마음 상하게 만드는 말투 따라
내 마음 울퉁불퉁 주름지네!

웃는 말씨, 웃는 얼굴, 웃는 마음
볼수 없어도
웃는 말씨 웃는 얼굴, 웃는 마음
보여 주어야지

부드러운 말 한마디, 퉁명스러운 말 한마디에
마음 동요되지 않으면 어느새 도인 되겠네!

라오스 라오스

오래전 라오스 여행지
버스 뒤로 풀풀 휘날리던 먼지
차창 밖 고무나무 보이고

마른 땅 위 맨발로 걸어가는 어린이와
엄마 등에 업고 가는 아이와 젊은 부부
뙤약볕에 자전거 위로 매달아 놓은
우산 아래 열심히 페달 밟아
달려가는 인상적인 여학생들

다리 하나 건너면 태국
주변에 중국, 베트남, 미얀마가 있는
70년대 모습으로 꿋꿋한 라오스

유람선 곁으로 지나가는
뱃놀이하는 한눈에 보이는 또 다른
축복스런 라오스 가족 풍경

천연 대나무 밥그릇이 마음 들고
한국 관광객을 위해 만든 호텔 앞
넓은 기억 속 뿅뿅 다리 아침 산책 생생하고

호텔 앞 야시장에서
잔뜩 샀던 물건들 기억에 없어도
라오스 함께 하였던 대금 연주단 부부들의
하모니 오래도록 그릴 수 있네

환희 연주곡

비 내리는 산길 오르니 숨이 벅차오르고
가슴이 **빽빽**해지며 밀려오는
뭉클해지니 가슴이 뜨거워지네요

두꺼비 앞장서 팔짝거리고 두꺼비야 소리 내어 불
러 보고 벚나무에 버찌와 내리는 빗속에 반짝반짝 빛
나는 연둣빛 나뭇잎들 빗방울에 살랑살랑 날갯짓으로
기분 좋은 향기 휘날리고 있어요

빗방울 소리에 맞추어 노래하는 새소리, 우렁차게
흐르는 계곡 물소리와 자박자박 걷는 발걸음 소리 귀
를 기울이니
비 내리는 산길에서 열리고 있는 환희 연주곡 들리
네요

방아 찧기

햇빛 찬란하게 비추어
초록빛 녹차잎 눈부신 날

나무 절구통 속 녹차잎
쿵더쿵 쿵더쿵
너 한번 꿀떡 나 한번 찰떡
모두 모여
쿵더쿵 쿵더쿵

녹차 잎 찧는
신기한 방아 찧기
절로 신이 나네

녹차 잎 서로 엉겨 붙일 때
우리 모두 끈끈하게 하나 되고
쿵더쿵 쿵더쿵

너랑 나랑 모두 함께

방아소리 맞추어
노래하니

어느새 다식판 속 녹차 잎
동그란 모양으로 약차 되어
우수수 쏟아지네

하늘, 구름, 바람, 맨발

너와 나 함께 만나니 자유롭다
염려스러운 것
욕심스러운 것
질투스러운 것
폼 내고 싶은 마음 오지 말고

미소스러운 것
간편스러운 것
자유로운 것
평화스러운 풍요한 마음 오거라

마음은 언제나
말 한마디에 상처 받고
이랬다저랬다 변덕스런 마음 내려놓고

파란 하늘, 흰 구름, 맨발 스치는 바람
만나로 함께 걸어 보아요.

생명

걷고 걷는다
따박따박 들리는 걸어가는 소리
힘찬 심장 소리

멈추지 않고 끝없이 걷는다.
오늘도 걷고 내일도 걷는다.

걷고 걸으며
추운 겨울날 온몸으로 느껴지는
뜨거운 생명이 들려주는 소리

대숲 마당에서 보는 달

새벽 일찍 나와 늦은 밤 들어서니
밤하늘 밝혀 주는 대숲 마당에서 보는
환한 달

젊은 날 공부하며 뿌듯한 밤
아무도 없는 대숲 마당에서 빙그레 웃음 지으며
반겨 주는 달

하고 싶은 문화 예술 기획 공부 하다 흐뭇하니
어디에서도 만날 수 없는 대숲 마당에서 만나는
풍요한 달

오랜 시간동안 언제나 까만 밤 앞으로 나아 갈수
있도록
대숲 마당에서 밝혀 주는 다른 듯 같은 달

일상에서 걷는 규칙,
그 생태적 정서와 소통하기

노창수 | 시인·평론가

　　박인숙 시인은 주로 담양과 광주에서 '자연환경해
설가'로 활동하며 향토시를 쓰는 열정적인 문인이다.
그는 조선대학교 미술대학 응용미술학과를 졸업한 이
후 10여 년간 '내장산국립공원 백암사무소'에서 생태
환경 및 숲해설사로 일하고 있다. 나아가 자연과의 교
감·소통·동화를 오래 도모하기 위해 순후하고도 그
정치精緻한 감정을 시로 형상화하는 작업을 지속하고
있다.
　　그는 2017년『문학춘추』신인상에 시로 등단한 이
후, '시아문인회' 회원으로 시작하여, '담양문인협회',
'한국문인협회' 등 주요 문학단체의 활동에도 참여 영

역을 넓혀 가는 중이다. 현재는 담양 대전면 대치리에 거주하며 이 지역 생태 살리기와 병행한 글쓰기를 실천하고 있다. 특히 그는 자연의 이법과 이치에 대한 정서를 소박하게 형상화하는 데 관심을 기울이고 있다. 해서, 주변 사람들이 부러워해 배우러 오는 일도 많다고 들었다. 자연과 이웃이 함께 교감하는 분위기는 이번 출간 시집에도 잘 드러나 있다.

　그의 시를 보니, 우선 생태환경의 대표격이라 할 산림山林에 관한 시, 또는 그곳의 길을 촘촘히 걷는 시가 특히 많아 보인다. 아마도 산과 숲에 대한 일을 다년간 해온 시인이기에 더욱 그럴 터이다. 물론 최근 자연환경에의 관심, 그리고 막하 현 지구적 생태가 골든타임을 지나치고 있다는 절박함이 드러내는 일이기도 할 것이다.

　　　걷고 걷는다
　　　따박따박 들리는 걸어가는 소리
　　　힘찬 심장 소리

　　　멈추지 않고 끝없이 걷는다.
　　　오늘도 걷고 내일도 걷는다.

　　　걷고 걸으며

추운 겨울날 온몸으로 느껴지는

뜨거운 생명이 들려주는 소리

_ 「생명」 전문

　이 시는 역동적 심장의 박동과 리듬이 바로 압득
해오듯 전하는 작품이다. 더불어 화자는 멈추지 않는
"뜨거운 생명"으로 솟아나고 "끝없이 걷는" 동기로 정
신적 동력을 얻는다. 해서, "따박따박" 걷는 폼세조
차 경쾌하게 느껴진다. 추운 겨울날, 온몸의 생명력이
소리로 바뀌어 옆에 들리는 듯 크다. "오늘도" 그리고
"내일도 걷는" 것을 멈출 수 없는 진행보법이 그 약동
을 타고 나아간다. 하면, 그에겐 곧 신세계로 향하는
보법이기도 할 것이다.

빛나는 봄날 백양사 안마당

오래된 매화나무 드디어 피어났네

한 잎 한 잎 피어나 서서히

오래된 고목 환하게 밝혀 주네

그 꽃들 바라보며 몇백 년 동안

품어 내는 향기에 저절로 두 손 모아 지네

시간이 흐르니 알게 되는

보이지 않는 향기로운 마음 느껴지는 것

기다리는 마음 어느새 전해져

한 잎 한 잎 향기로 피워 나는 오래된 나의 봄

_ 「날마다 고불매」 전문

    시의 화자는 "봄날 백양사"의 바로 "안마당"에서 늘 보아오던 "오래된 매화나무"가 바야흐로 봄꽃을 피우는 걸 고대해 마지않는다. 그런데, 마침내 꽃을 피워낸 게 바로 그 오늘이다. 그는 이 꽃소식에 기울어지는 조용하고도 달뜬 심리를 자랑하고픈 생각도 가져 본다. 꽃은 천천히 한 잎 한 잎 피다가 이즈음은 아예 고목 전체가 "환하게 밝히"듯 꽃무데기를 드러낸다. 이 꽃을 바라보자 화자는 몇백 년 동안 품어온 향기에 제 두 손이 저절로 모아지는 걸 느낀다. 꽃을 기다리던 화자의 기원이 마침내 나무에게로 전해지고, 그 나무는 향기를 천천히 다시 피워 올린다. 그러자 매화는 "오래된 나의 봄"으로 다가오고 있는 것이다.

    이 「날마다 고불매」는 매년 매화나무에 끼쳐오는 변함없는 희망을 겨누어보며, 그 호흡에 화자가 자신을 일치시키려 한다. 시는, 그래 옛 매화는 변함없이 희망의 꽃을 터드리게 된 소이가 있음을 마치 자신의

일처럼 밝히고 있다.

지나간 시간 생각하니
정다운 기억 가득하다

사진 속 너의 모습 바라보니
특별한 포즈 뽐내고 있다

흐르는 시간 지나
그리운 마음 함께 걷다

_ 「혼자 걷다」 전문

이 작품 역시 '걷는 자의 시학'으로 발현된 일상적
인 그 법칙이다. 옛날의 제 모습을 그려 볼 때는 정다
운 기억만이 가득한 순간이었다. 화자는 과거 시간을
반추하며 사진 속의 모습을 바라본다. 그건 자아의 잔
영殘影이 바로 내면에 비치는 심상이었다. 해서, 특별
포즈인 양 뽐내고도 있다. 그는 흘러간 옛날의 아름다
운 시절을 이 자리로 소환해 온다. 화자는 그게 새 길
이듯 다시 걷는다. 그래 시는 '걷고 걷는' 일상을 관성
화한다. 사실 그에게 걷는 시는 더 많이 나타나고도
있다. 규칙적인 건강생활로부터 나온 이 걸음 시법詩
法은 자연에 가까이하려는 생태주의자다운 걸음이라

할 수 있다.

날마다 만나다
만날 수 없네

멍하니 걷다 하늘 보고
고개 숙여 걷다 땅 보니

달빛에 불꽃 같은 자귀나무꽃이
길가에 넓은 호박잎이

걸으면 언제든지
만날 수 있다 하네
_「걷기 멍」 전문

　우리 주변엔 아무 생각 없이 멍때리는 장면이 좀 많지 않나 싶다. 예컨대 모닥불이나 아궁이에 불을 지필 때 멍때리는 '불멍'이 있고, 먼 숲이나 정원의 풀을 바라보는 그 '풀멍'과 '숲멍'도 있다. '물멍'은 바다나 강을 아무 괘념 없이 바라보는 것이고, '군중멍'은 높은 옥상 같은 데서 수많은 군중을 멍하니 내려다보는 일이겠다. 한데, 이 시는 이른바 '걷기멍'이다. 즉 걸으면서 멍때리는 일로 장애물이 없는 등산로나 산책로에

알맞은 그 '멍'일 수 있다. '불멍, 풀멍, 물멍, 걷기멍' 등은 그 사람이 지닌 여러 고민으로부터 잠깐 벗어날 수 있으니, 일단 치유적이다. '걷기멍'이란 따로 명상 보법, 아니 용어조차 온당치 않다는 듯 하염없이 걷는 걸음일 듯하지만, 그 멍이란 전적으로 시인이 특허 낸 바 한 지칭일 터이다. 그건 어떤 목적하는 바도 없는 그야말로 순수 '멍'일 것이기 때문이다.

벙어리뻐꾸기
새소리 들으며

찌릿찌릿 발바닥
눌러 주는 자갈길

아삭아삭 상큼하게
간지러운 모랫길

촉촉하게 젖은 흙 위로 피어난
민들레 새순을 지나
질경이와 발 인사 나누는
사각사각 기분 좋아지는 소리

홀딱 벗고 홀딱 벗고

우스운 검은등뻐꾸기 울음소리와 함께

잔돌이 콕콕 찌르는 속삭임

들으며 맨발로 걷다

단풍나무 씨앗들아 안녕

질경이와 토끼풀과 사초와 개망초를 지나

징검다리 건너 오디나무 아래를 맨발로 걸으니

꽃과 열매들이 발바닥에

그려 놓은 그림

_ 「맨발로 걷다」 전문

　"걷기멍"에 이어, 지속적인 건강증진의 하나로 등
장한 게 바로 "맨발걷기"이다. 필요는 바로 자신으로
부터 파생되듯 맨발로 걷는 걸 가장 적극적인 건강 방
책이라 세우고도 있다. 사실 요즘은 '맨발걷기운동본
부' 같은 게 생길 만큼 '맨발걷기'가 벌써부터 건강인
증서를 대신해 보이기도 한다. 해서, 산책로에 마사토
나 황토를 깔아 수월하도록 배려하는 지자체가 많아
졌다.
　「관방제림 걷다」도 역시 '관방제림'의 쾌적한 풍광
과 이곳을 걷는 바의 치유에 대해 노래하고 있다. 표

제 시로 쓰인 「백암산 걷다」에서는 "가만히 들여 마신다/일광정 걸으며"로부터 "가만히 내쉬어 본다/쌍계루 바라보며"란 댓구로 천천히 나아가는 조용한 '걷기'를 강조한다. 이어 "반복되는 비자나무/들숨과 날숨의 향기", 하지만 그걸 잊지 않기 위해서는 "두 눈 감고/두 팔 벌려" 걸어가도록 유의의적 목적성을 붙여 노래한다.

맨발 걷기는 건강증진에서 나온 발상이기는 하나, 사실 인간이 자연의 생태에 더 가까이 가려는 한 움직임에서 나온 접근책이랄 수 있다.

　　밤새 휘몰아치는 비바람이
　　작은 꽃잎들을 떨어뜨려도

　　매서운 힘을 가진 태풍이
　　갈색 씨앗을 훨훨 날려 보내도

　　흰서리 내려
　　붉게 물든 나뭇잎들이 추위에 사라져가도.

　　모두 떠나고
　　아주 작은 겨울눈에서

또다시 꾸는 꿈

_「애기단풍나무 꿈」 전문

　이 시는 '애기단풍나무'는 이미 "작은 겨울눈" 속에 깃들어 있음을 말한다. 그게 '봄꿈'의 눈싹을 틔우는 걸 기다리는 모습을 통해 '기승전결'의 틀로 접근한다. 각 연聯의 시상은 짝지은 대구로 입체적 구성을 해 보인다. 그래, 모두가 떠나버린 겨울 벌판에서도 애기단풍나무의 겨울눈은 마냥 꿈틀거리며 나오려하기에 그 형형함이 살아있을 것이다. 따라서 화자의 관찰자적인 위치에서 그 눈을 노래하는 미세한 시라할 수 있다. 그 이미지의 차례화의 과정은, ①〈휘몰아치는 비바람→작은 꽃일들이 떨어짐〉(기), ②〈매서운 태풍→씨앗을 날려 보냄〉(승), ③〈흰 서리→나뭇잎들이 추위에 사라지게 함〉(전), ④〈모두 떠남→겨울눈이 다시 꿈을 꿈〉(결)으로, 단계적 구성을 해 보인다.

　따라서 시는, 비바람과 작은 꽃잎, 태풍과 날아가는 씨앗, 그리고 흰서리와 나뭇잎 추위, 모두 떠남과 같이하여, 끝까지 참아낸 겨울눈에 대한 대비 등을 통해 애기단풍의 의지를 집약해 보인다.

　오래된 팽나무들이 줄지어

　초록빛 풍경으로

말을 걸어온다.

까만 진주알 같은
푸조나무 열매
유혹에 흔들리고
나뭇잎 살랑거리는 바람에
한들한들 춤추며

땅 위에
쌓인 낙엽들이 사각사각
들려주는 발자국 소리

관방제림 길
철학자와 함께 걸으며
먼 옛날이야기 나누니
어느새
철학자의 길이 되었다.

_ 「관방제림 걷다」 전문

'관방제림關防提林'은 담양읍 남산리의 제방 숲 이
름이다. 담양은 예로부터 비가 많았다고 전한다. 해
서, 해마다 겪는 수해를 예방하기 위해 1648년(인조
26) 때 담양부사 성이성成以性이 최초 이 제방을 축조

하고 나무를 심기 시작했다. 1794년(정조 18) 이곳 부사 황종림黃鍾林이 이를 중수重修하고 숲을 더 조성한 게 이 관방제림이다. 오늘날 보존 가치의 필요성에 따라 1991년 11월 27일에 천연기념물 제366호로 지정되었다. 이 방제림의 원 범주는 담양읍 남산 동정에서부터 시작해 천연리까지 있었으나, 현재는 수북면 황금리를 거쳐 대전면 강의리까지도 이어져 있다. 식재된 나무는 푸조나무, 느티나무, 팽나무, 벗나무, 개서어나무, 곰의말채나무, 음나무 등 184그루가 있어 사계절 풍광이 달리 보이게 한다. 그러니, 좋은 경관은 물론 쾌적한 산책길로도 안성맞춤이다.

이 시는, 활유법活喩法과 환유법換喩法을 사용하여 나무의 생태를 사람에 비유함을 볼 수 있다. 즉 1연에서 오래된 팽나무가 말을 걸어오는 것, 2연에서 푸조나무 열매가 바람의 유혹으로 춤을 추는 것, 3연에서 낙엽들의 사각사각 소리가 발자국 소리로 변환되어서 들려오는 것, 그리고 4연에서 철학자와 걸으며 대화를 나누니, 어느새 철학자의 길이 되었음을 말하고 있다. 즉 '팽나무-말걸기', '푸조나무-춤의 유혹', '낙엽 소리-발자국 소리', '관방제림-철학자 길'로 연결돼 그러한 연관성을 보인다.

따라서 이 시는 입체적, 복합적 관찰이 돋보여 관방제림의 미학적 가치를 높여주는 작품이라 할 수 있다.

햇빛 덕분이다

따스해지니

꽃봉오리 피었다

흐르는 물소리

맥박 소리 같다

쏙쏙 잭 책 잭 책

호혹 호혹 짹짹

들려주는 새들의 노랫소리

용기다

살랑살랑

파닥파닥

토닥이는 바람

격려이다

목마르며 추워도

때론 주저앉고 싶어도

나를 위해 주는

너 덕분이다

다시 힘차게 눈부시게 꽃 피우다.

_「운문암 엘레지」 전문

화자는 '운문암'에서 "엘레지" 리듬에 마음을 기울인다. 운문암의 슬프고 애달픈 노래를 이렇듯 듣고 있지만, 이 노래가 화자에겐 긍정적 모티프나 에너지 원천으로 특별히 작동됨을 말하고 있다. 그 힘은 가령 햇볕이 따스해서 맺어진 꽃봉오리처럼, 또는 맥박과 같이 흐르는 물소리처럼, 나아가 새들의 노랫소리에 실린 용기처럼, 그리고 토닥여주는 바람의 그 격려처럼, 그렇게 자리함을 예증으로 보여주는 것이다. 화자는 사실 목마르고 춥다. 그래, 때로 그만 주저앉고도 싶다. 그러나 나를 위해 주는 너의 덕분으로 따뜻한 자리에 앉아있을 수 있다. 해서, 다음엔 더 힘차고 눈부시게 꽃피워야 겠다는 그 원천적 힘을 입게 되는 것이다.

　　어떤 사연인지 제 입장이 너무 기구해 슬픔을 노래하는 그 엘레지란, 대체로 애조를 띠지만, 속엔 내강의 힘이 끼쳐져 있는 경우가 많다. 이 시에서도 화자의 그런 경향성과 실재성이 형상화 되어 있다. 눈부신 꽃을 다시 피울 그 봄의 전령을 화자가 대신 역할을 해내고자 하는 그 의지가 돋보이는 작품이다.

　　　　핑크 거울 속 너를 바라보다
　　　　희끗희끗 흰머리
　　　　비명 소리 저절로 나오고

누가 이마에 입 꼬리에 팔자 주름

밉게 그려 놓은 거야

아무리 재물을 지키는 점이라 위로해 보아도

점점 커지는 코밑 점

여드름 자국 울퉁불퉁 이미

연극 무대 주인공 대신 주인공 엄마 역할

문득 울적해 지려 하면

핑크 거울 속 내가 제일 사랑하는 너에게

함박웃음 보내니

세상에서 가장 환한 웃음 짓는

주인공이 되었다

핑크 거울 속

환하게 웃음 짓는

반짝반짝 빛나는

너의 마음까지 보았다

_「핑크 거울」 전문

시에서 "핑크 거울"이란 여성의 휴대용 거울을 말
한다. 그건 여행하는 차 안이나 어떤 대기의 자리에
서 자기 얼굴을 비춰 보고 곧 매무새를 다듬는 역할

을 하는 도구이다. 한데, 화자는 그것을 보다가 "비명이 저절로" 남에 그만 당황해한다. 염색을 뚫고 "희끗희끗 흰머리"가 또 나타난 게 그 이유이다. 뿐인가. 그의 "이마에 입꼬리에 팔자 주름"조차 "밉게 그려"져 있다. 늘 "코밑"에 "점"에 대해서도 속상해 왔지만, 그게 속칭 "재물을 지키는 점"이라고 해 참고만 있었다. 한데 보아하니, 그게 "점점 커지지" 않은가. 그래 흉하다고 느낀다. "여드름 자국"마저 "울퉁불퉁" 돋아나 있으니, 자신이 "연극 무대 주인공"이라기보다는, 이제는 그 "주인공"의 "엄마 역할"에 더 맞을 밉상으로 변했다. 해서, 그는 마음이 "울적해 지려" 한다. 하지만 그럴 때마다 그는 "핑크 거울"에 비춰 보며, "사랑하는" 자신에게 부러 "함박웃음"을 역설이듯 보내 본다. 그래, "세상에서 가장" 크고 환하게 웃는 그 "주인공"이 되어 보는 것이다. 그리고 곧 "반짝반짝 빛나는" 자신의 "마음까지" 들여다 보게 됨에 스스로 만족해 한다. 노래를 흥얼거릴만큼 말이다. 시의 이런 〈전환적 복선〉은 바로 "문득 울적해지려 하면"이라는 단서에 가 있다. 이 복선은 이후 "사랑하는 너에게 함박웃음을 보내"는 일로 비로 전환되기 때문이다. 자아에 대한 부정적인 모습 즉 앞 소절(1,2,3연)에 대하여, 긍정적인 모습 즉 그 뒷 소절(4,5연)로 순간 자아를 바꾸어 놓는 것이다. 이렇게 바꿔놓는 데 사용한 매재

媒材가 바로 '핑크 거울'이다. 여성들이 핸드백에 넣고 다니는 '핑크 거울', 그게 자신의 부정적 자세를 긍정적 품세로 전환하고 고양시키고자 심리적 안심용의 그 휴대품이다. 그 새로운 것을 발견한 그 순간포착의 작품이다.

이제 이 글을 요약 정리해 보인다. 앞서 논의한 박인숙 시인의 작품적 궤적에서 다음 세 특징으로 시적 경향을 집약할 수 있을 듯하다.

첫째, 자연 생태에서 건강을 배우는 시를 구가해 가듯 적극적 걷기의 시학을 일깨운다.

둘째, 슬프고 애달픈 정서를 바꾸어 의지와 희망의 시학으로 나아가기를 취한다.

셋째, 일상에서 흔히 일어나는 부정적 자아관에 대해 순간의 긍정적 표현관으로 전환해 노선 변경적 시학을 구현한다.

결국 시인은 생태적 걷기나 일상적 규칙으로 조련되어온바 의지의 시학을 보여주고 있다. 이를 위해 대체로 긍정적 자아관과 생태성의 실현에 초점을 맞추고 있음을 보인다.

그는 곧 걷는 규칙, 그 일상적이고 생태적인 정서를 교감과 소통의 현장으로 돌아오게 하는 아름다운 시학을 지녔다. 그러기에 앞으로 건강하고 진취적인 그의 시를 예견해 볼 수 있다. 하면, 시의 뮤즈가 그에게 오래 머물러 있기를 희망한다. 나아가, 깊이의 시학에도 꾸준한 시도가 진행된다면 보다 좋을 작품을 쓸 수 있을 것이다. 이 시집을 펴냄으로써 그는 고업苦業과 같은 창작에 깊이 들어서게 되었다. 무릇 시를 낳는 바가 마치 처음이듯 흔들리지 않을 자리, 그러니까 초석 하나를 더 받치는 셈이겠다.

백암산 걷다

—

초판 1쇄 인쇄 2023년 10월 27일
초판 1쇄 발행 2023년 11월 10일

—

지 은 이 박인숙
펴 낸 이 임성규
펴 낸 곳 다인숲
디 자 인 정민규

—

출판등록 2023년 3월 13일 제2023-000003호
주   소 62357 광주광역시 광산구 월곡산정로 20-49 101동 106호
전자우편 a-dream-book@naver.com

—

*책 가격은 뒤표지에 표시되어 있습니다.
*지은이와 협의에 의해 인지는 생략합니다.
*잘못된 책은 교환해 드립니다.

—

ISBN 979-11-982572-4-6 03810

이 책은 문화재단의 지역문화예술육성지원사업으로 지원받아 발간되었습니다.